눈곡
사도
 저

눈물상자

한강 글 봄로야 그림

문학동네

🌸 옛날, 아주 오랜 옛날은 아닌 옛날, 어느 마을에 한 아이가 살고 있었다. 아이에게는 이름이 따로 있었지만, 모두 그 아이를 '눈물단지'라고 불렀다. 왜 눈물단지였는지, 우선은 그 이야기부터 해야 하겠다.

갓 태어났을 때 아이에게는 전혀 특별한 점이 없었다. 조그맣고 연약한 몸을 떨면서 온 힘을 다해 울음을 터뜨렸을 뿐이니까. 그후 날이 가고 달이 가는 동안에도 아이는 여전히 평범했다. 배가 고프면 울고, 덥거나 추워도 울고, 몸이 아파도 울었으니까.

하지만 아이가 다섯 살, 여섯 살, 일곱 살…… 나이를 먹어가면서, 사람들은 차츰 아이에게 특별한 데가 있다는 것을 알게 되었다. 바로 아이의 눈물이었다. 물론 아이는 다른 아이들처럼 누군가가 자신의 장난감을 빼앗거나, 달리다 넘어져 무릎을 다치거나, 엄마가 큰 소리로 꾸지람을 할 때 울음을 터뜨렸다. 다만 이상한 점은, 보통의 사람들이 결코 예측하거나 이해할 수 없는 일에 눈물을 흘린다는 것이었다.

이른 봄날, 갓 돋아난 연둣빛 잎사귀들이 햇빛에 반짝이는 걸 보고 아이는 눈물을 흘렸다. 거미줄에 날개가 감긴 잠자리 한 마리를 보고는 오후가 다 가도록 눈물을 흘렸고, 잠들 무렵 언덕 너머에서 흘러든 조용한 피리 소리를 듣고는 베개가 흠뻑 젖을 때까지 소리없이 울었다. 하루 일에 지친 엄마가 흔들의자에 앉아 쉬는 저녁 무렵, 길고 가냘픈 그림자가 벽에 드리워진 걸 보면서도 눈물을 흘렸고, 키우던 개가 열 시간 동안 진통을 하며 새끼 여섯 마리를 낳는 걸 지켜본 뒤로는 개들을 볼 때마다 눈물을 흘렸다.

아이의 눈동자는 칠흑같이 검었고, 물에 적신 둥근 돌처럼 언제나 촉촉하게 젖어 있었다. 비가 내리기 직전, 부드러운 물

기를 머금은 바람이 이마를 스치거나, 이웃집 할머니가 주름진 손으로 뺨을 쓰다듬기만 해도 주르륵 맑은 눈물이 흘러내렸다.

아이의 엄마는 그런 아이를 걱정했다. 아빠는 울고 있는 아이를 볼 때마다 화를 냈다. 아이는 많은 시간을 혼자서 놀아야 했다. 친구들이 좀처럼 끼워주지 않았기 때문이다.

"눈물단지래, 울보래요. 눈물단지래, 울보래요."

아이는 놀림을 받으면서도 눈물을 흘렸고, 층계에 걸터앉아 다른 아이들이 노는 모습을 지켜보면서도 조용히 눈물을 흘렸다.

그러던 어느 해, 이른 봄날이었다.

검은 옷을 입고 검은 모자를 깊이 눌러쓴 아저씨가 그 마을에 찾아들었다. 등에는 커다랗고 낡은 배낭을 메고, 한 손에는 커다란 검은색 가방을 들고 있었다. 버스 정류장 앞의 구멍가게를 지키고 있던 아주머니는 그 낯선 사내가 누군지, 묵직해 뵈는 검은 가방엔 대체 무엇이 들어 있을지 못내 궁금했다.

"안녕하세요?"

아주머니가 아저씨에게 인사했다. "안녕하세요?"라고 답하는 대신 아저씨는 물었다.

"특별한 눈물을 가진 아이가 이 마을에 살고 있다고 들었습니다만……"

아주머니는 마을의 북쪽 끝에 있는 아이의 집을 가리켰다. 그 마을에 특별한 눈물을 가진 아이라면 '눈물단지' 뿐이었으니까.

"그런데, 그애는 왜요?"

아저씨는 꾸벅 목례만 남기고 돌아섰다.

'이상한 사람이네.'

아주머니는 고개를 갸웃하며 가게 문 밖으로 얼굴을 내밀었

다. 눈을 찡그리게 하는 햇빛, 연푸른 잎사귀들을 아기 손바닥처럼 팔락이는 봄나무들 틈에서, 머리끝부터 발끝까지 검기만 한 아저씨의 뒷모습은 잘못 번진 먹 자국처럼 어색해 보였다.

마침내 아이가 사는 집에 검은 옷의 아저씨가 다다랐을 때, 아이는 마당의 텃밭에 갓 피어난 콩꽃을 보며 가만히 눈시울이 뜨거워지는 걸 느끼고 있었다. 검은 그림자가 햇빛을 가려서 아이는 고개를 들었다.

"······너로구나, 특별한 눈물을 가진 아이가."

아저씨는 눈을 가리고 있던 검은 모자를 벗어들었다. 으스스한 옷차림과는 달리 아저씨의 인상은 그다지 무섭지 않았다. 활짝 웃자 눈이 장난스럽게 가늘어졌는데, 소리를 내지 않고 웃어서인지 조금 슬퍼 보이기도 했다. 따라서 웃을까, 돌아서서 달아날까 망설이던 찰나 아이는 숨을 멈췄다. 무엇인가가 아저씨의 외투 속 가슴께에서 동그랗게 부풀어오르는 게 보였다. 아이의 휘둥그레진 눈 앞에서 그 동그란 무엇인가는 천천히 아저씨의 팔 쪽으로 옮겨가더니, 아저씨의 소매 밖으로 불쑥 모습을 드러냈다.

아주 작은 복숭아빛 새였다. 녀석은 진한 장밋빛 목덜미를 움츠리며 아저씨의 창백한 손바닥에 콕, 콕 입맞추었다. 날개와 꼬리의 깃털만은 신비로운 푸른빛이었다.

"나는 눈물을 모으는 사람이란다. 필요한 사람에게는 팔기도 하지."

"눈물을, 모은다구요?"

"그렇단다."

아이는 눈을 커다랗게 떴다. 지금까지 그런 직업이 있다는 말은 한 번도 들어본 적이 없었다. 하지만 우선 그것보다 더 궁금한 게 있었다.

"이 새는 아저씨가 키우는 거예요? 이렇게 생긴 새는 처음 봐요."

"푸른휘파람새야. 오 년쯤 전에, 눈물을 판 대가로 받은 녀석이지. 아마 너랑 나이가 비슷할 거다. 나한텐 하나뿐인 길동무란다."

"휘파람을 불어요?"

"아직 나는 노래를 들어본 적이 없지만, 원래는 아주 아름다운 소리로 지저귀는 새였단다. 왜 울기를 그만뒀는지는 전 주인도 확실히 모르더구나. 정들었던 첫주인이 녀석을 팔아버린 뒤였다고도 하고."

"파란 깃털이 신기해요…… 그래서 푸른휘파람샌가봐요."

"전 주인이 얘기해준 건데, 이 새의 첫번째 주인은 녀석을 '파란 새벽의 새'라고 불렀다더구나. 파르스름한 새벽빛이 내릴 때만 노래를 했기 때문이란다."

"파란, 새벽의 새요?"

아이는 문득 자기가 하루 중에 가장 좋아하는 시간이 바로 그 파란 시간이라는 걸 깨닫고는 멍한 얼굴로 서 있었다. 푸른휘파람새, 아니 '파란 새벽의 새'는 조용히 아저씨의 손바닥에 앉아 아이의 눈을 마주 보고 있었다.

"그건 그렇고……"

아저씨는 미소 띤 얼굴로 아이에게 물었다.

"내가 가지고 있는 눈물들을 보고 싶지 않으냐?"

아이는 여전히 어리둥절한 얼굴로 고개를 끄덕였다.

아저씨는 들고 있던 커다란 검은 가방을 열었다. 파란 새벽의 새는 가볍게 날갯짓을 하더니, 커다란 손을 조심스레 움직이는 아저씨의 머리 위로 얌전히 옮겨앉았다.

아저씨의 가방 안에는 큼직한 검은 상자가 들어 있었는데, 그 상자를 열자 그것보다는 작지만 여전히 큰 검은 상자가 검은 비단에 싸여 있었다. 알 수 없는 글씨들이 은실로 새겨진 매듭이 그 상자를 단단히 묶고 있었다. 숨을 죽인 채, 아이는 아저씨가 매듭을 풀고 검은 비단을 벗기는 걸 지켜보았다. 마침내 상자가 열리자 아이는 저도 모르게 침을 삼켰다. 상자 안에는 까맣고 폭신한 비로드가 깔려 있었고, 갖가지 모양의 크고 작은 눈물들이 수많은 보석들처럼 진열돼 있었다.

"이것들을 모두 수집하는 데 무려 이십 년이 걸렸단다."

아저씨는 한 방울 한 방울 눈물들을 가리키며 설명하기 시작했다.

"이건 먼저, 양파 냄새를 맡았을 때 나오는 눈물이야. 그 옆에 있는 조그만 건 하품한 뒤 눈꼬리에 맺히는 눈물이지."

아이는 눈을 빛내며 상자 가까이로 다가갔다.

"주황빛이 도는 이 눈물은 화가 몹시 났을 때 흘리는 눈물…… 회색이 감도는 이 눈물은 거짓으로 흘리는 눈물…… 연보랏빛 눈물은 잘못을 후회할 때 흘리는 눈물…… 진한 보랏빛 눈물은 부끄럽거나 자신이 미워서 흘리는 눈물…… 검붉은 눈물은 보고 싶은 사람을 보지 못할 때 흘리는 눈물…… 분홍빛 눈물은 기쁨에 겨워 흘리는 눈물…… 연한 갈색의 저 눈물은 누군가 가엾다고 느껴질 때 흘리는 눈물이란다."

"연한 연두색 눈물은요?"

"아기들의 눈물이야."

"그 뒤에, 조금 진한 연두색 눈물두요?"

"아니, 그건 엄마들이 아기들을 위해 흘리는 눈물이야."

"그럼, 이 커다랗고 아름다운 푸른빛 눈물은요?"

"사랑하는 사람을 위해 흘리는 눈물이야."

"그 옆에 있는 붉은 눈물은요?"

"아주 고통스러운 일을 겪은 뒤에, 아주 오래 울고 난 뒤에, 그 눈물까지 마르고도 시간이 한참 지난 뒤에…… 처음으로 다시 흘리는 눈물이란다. 그러니까, 퍽 구하기 어려운 눈물이지."

아이는 입을 다물 수 없었다.

"아저씨는 정말 수많은 눈물을 가지고 계시네요. 그런데 아직도 가지지 못한 눈물이 있어요?"

"그래, 있단다."

아저씨는 입가에 미소를 머금었다.

"내가 찾고 있는 건 순수한 눈물이야."

"순수한 눈물이요?"

"자기가 울고 있다는 것조차 알지 못하면서 흘리는…… 특별한 이유가 없지만, 또한 이 세상의 모든 이유들로 인해 흘리는…… 세상에서 가장 아름다운 눈물이란다."

"그런 눈물이 정말 있나요?"

"난 네가 혹시 그 눈물을 가지고 있지 않나 생각했는데 말이다."

아이는 말끄러미 아저씨의 눈을 올려다봤다. 아저씨도 물끄러미 아이의 눈을 내려다봤다. 아이는 이내 세차게 고개를 저었다.

"아니에요. 제 눈물에는 제각기 이유들이 있어요. 아무리 애써봐도 설명을 할 수 없을 뿐이에요. 게다가, 제 눈물은 조금도 아름답지 않아요. 이렇게 눈물이 흔하다는 게 얼마나 부끄러운지 몰라요."

아저씨는 생각에 잠긴 얼굴로 잠시 아이의 눈을 들여다보고는 물었다.

"하지만, 내 눈으로 직접 보고 싶구나. 나를 위해 조금 울어 줄 수 있겠니?"

"지금이요?"

"네가 불편하지 않다면."

아이는 그 부탁을 쉽게 들어줄 수 있을 거라고 생각했다. 그런데 이상한 일이었다. 아저씨를 만나기 직전 눈물겹게 느껴졌던 갓 피어난 콩꽃을 한참 동안 들여다봤지만, 도무지 눈물이 나오지 않았다.

"아저씨, 눈물이 나오지 않아요."

"괜찮다. 난 기다릴 수 있어."

아이는 아저씨와 함께 마을 앞의 언덕으로 올라갔다. 먼 지평선으로 해가 넘어가고 구름들이 붉어질 때면 언제나 눈물이 흐르곤 했었기 때문에, 아이는 곧 아저씨에게 눈물을 보여줄 수 있을 거라고 생각했다. 아이는 아저씨의 상자 속 캄캄한 어둠 가운데 빛나고 있을 영롱한 눈물들을 떠올렸다. 부끄럽기만 하던 처음의 마음 대신 아이는 이제 조금 궁금했다. 아저씨가 어떻게 눈물을 모아 단단한 결정으로 만드는지 보고 싶었다. 자신의 눈물이 어떤 빛깔로 응결되는지도 알고 싶었다. 하지만 하늘에 검푸른 잉크빛이 번지고, 설탕 같은 별들이 무더기로 떠오를 때까지 아이는 단 한 방울의 눈물도 흘리지 못했다.

"……안 되겠구나."

참을성 있게 침묵을 지키며 앉아 있던 아저씨가 입을 떼었다.

"내가 옆에 있어서 그런가보다. 널 방해했나봐."

아이는 새빨갛게 얼굴을 붉혔다.

"미안해요. 공연히 기다리시게 만들었어요."

아저씨는 검은 가방을 집어들고 몸을 일으켰다.

"기다리는 게 내 일인걸? 어떨 땐 몇 달이나 몇 년을 기다리기도 해. 하지만 지금은 날 기다리는 사람이 있어서 가봐야겠다."

"아저씨를 기다린다구요? 누가요? 어디서요?"

"저 언덕 아래 기찻길을 건너 세 개의 산을 넘어가면 외딴 마을이 하나 있단다. 어른 걸음으로 꼬박 하루 반이 걸리는 곳이지. 거기 사는 사람이 눈물을 사겠다고 편지를 보내왔어."

아저씨는 손을 내밀어 아이에게 악수를 청했다.

"다시 올게. 잘 있어라."

아저씨의 손은 여위었고, 살결은 조금 거칠었고, 힘이 느껴졌다.

아저씨는 모자를 깊이 눌러쓰고 어두운 언덕 아래로 걸어내려갔다. 한참 가다 멈춰 서서는 아이를 돌아보며 웃었다. 달빛 아래 드러난 그 미소는 따스했고, 동시에 그만큼 슬퍼 보였다.

파닥파닥 날갯짓하며 아저씨를 뒤따르던 파란 새벽의 새가 가느다란 목으로 아저씨의 검은 소맷부리를 헤집으며 들어가려 하는 걸 아이는 보았다. 순간 아이는 숨을 멈췄다. 새가, 갑자기 아이를 돌아보며 날개를 흔들었기 때문이다.

'이리 와.'

'어서 이리로 와.'

투명한 물처럼 쏟아지는 달빛 아래 새는 은청색 깃털을 반짝이고 있었다. 그 조용한 몸짓은, 마치 목소리를 들려주는 듯, 단지 그 목소리를 귀로 들을 수 없을 뿐인 듯 이상한 힘을 가진 것이었다.

'어서. 우리랑 같이 가.'

그렇게 속삭이는 말이 분명히 들린 것 같았다.

"잠깐만요!"

새가 아저씨의 소매 속으로 몸을 숨긴 순간, 아이는 커다란 목소리로 아저씨를 불러세웠다.

"나도 아저씨를 따라가고 싶어요!"

아이는 놀랐다. 자신에게 그런 용기가 있을 거라곤 한 번도 생각해보지 못했다.

"잠깐만, 가지 말고 기다려주세요."

아저씨는 아무 대답도 하지 않았다. 대신 옆에 있던 바위에 걸터앉은 뒤 검은 가방을 내려놓았다. 마치 아이의 그 말을 기다리기라도 했던 것 같았다. 아주 조금은 놀란 표정이었을까, 그저 태연하기만 한 얼굴이었을까? 아이는 집을 향해 한달음에 달려갔다.

엄마와 아빠, 동생들이 둘러앉아 저녁을 먹는 모습이 보이는 창 앞에서 아이는 한참을 서성거렸다. 문을 두드리려고 떨리는 손을 들었지만 이내 내려놓았다. 동생이 무슨 이야기를 했는지 다들 와르르 웃음을 터뜨리고 있었다. 아이가 없으니 모두의 얼굴이 환하게 빛나고 있었다. 언제나 눈에 눈물이 고여 있는, 눈물 자국이 뺨에서 마르지 않는 아이가 없으니.

갈게요.

아이는 들리지 않는 목소리로 중얼거렸다.

그렇게 계속 웃어요. 나는 이제 갈게요.

아이는 어둠 속에서 기다리고 있는 아저씨에게 돌아갔다. 집을 향해 달리던 때와 달리 아이는 뛰지 않았다. 가슴이 몹시 쿵쾅거렸는데, 그게 슬픔인지 두려움인지 설렘인지, 아니면 셋 다인지 잘 알 수 없었다. 아이가 다가오는 모습을 아저씨는 묵묵히 지켜보고 있었다.

"아저씨, 저 때문에 놀라시지 않았어요?"

"아니. 이 녀석이 얘기해주었거든."

아저씨는 머리 위에 앉아 있는 파란 새벽의 새를 가리켰다.

"그럼, 아저씨도……"

"그래, 녀석이 하는 말을 듣는단다. 녀석은 처음 본 순간부터 널 좋아하더구나. 너와 같이 가기를 무척 바라다가 마지막으로 용기를 내서 너에게 말한 거야."

아이는 아저씨와 함께 밤늦도록 걸었다. 두 사람 모두 오래 말이 없었다. 달빛이 만든 두 그림자가 젖은 풀숲 위로 앞장서 갔다.

"힘들진 않으냐?"

"아니요. 걷는 걸 좋아해요. 저 산들을 넘어가면 뭐가 있을지 언제나 궁금했어요."

산자락의 끝에 이르렀을 때 아저씨는 잠시 눈을 붙이고 가자고 했다. 아저씨가 텐트를 치고 불을 피우는 동안 아이는 눈에 가득 차는 밤별들을 보았고, 이날따라 그 빛들이 적막하다고 느꼈다. 아름다운 것들을 보거나 들을 때면 언제나 그랬듯, 저도 모르게 눈물이 솟아나오는 걸 느꼈다. 하지만 아저씨에게 그 눈물을 보여주고 싶지는 않았다. 자신이 우는 이유가 순수함이나 아름다움보다는 막막함에 가깝다는 걸 알았기 때문이었다. 한없는 부끄러움이 느껴졌다. 얼른 손등으로 눈물을 훔친 뒤 아이는 아저씨에게 물었다.

"순수한 눈물에 대해서 더 얘기해주세요."

파란 새벽의 새는 아저씨의 손바닥에 앉아 낟알을 쪼아먹고

있었다. 아저씨는 불을 뒤적여 감자를 꺼내며 대답했다.

"세상의 모든 눈물이 태어나기 전의 눈물."

"태어나기 전이요?"

"세상의 모든 눈물이 죽은 뒤의 눈물."

"죽은 뒤요?"

"세상의 모든 눈물들 사이에 고인 눈물."

점점 알 수 없는 대답이었다.

"그 눈물에 닿는 것만으로, 아무리 단단하게 얼어붙었던 마음도 천천히 녹기 시작한단다."

두 사람이 감자를 다 먹었을 때, 파란 새벽의 새는 졸린 듯 목을 구부리고는 부리로 제 가슴털을 매만졌다.

"내일 새벽에 일어나려면 좀 자둬야 할 거다. 너는 텐트에 들어가 자거라."

"아저씨는요?"

"난 불 옆이 따뜻해서 좋아."

아이는 텐트 안에 들어가 아저씨가 준 담요를 몸에 말고 누웠다. 오래 뒤척이다 밖으로 나왔을 때, 침낭 속에서 잠든 아저씨가 보였다. 달은 잠시 구름에 가렸고, 별들은 거대한 무리를 이룬 채 어디론가 흘러가고 있었다. 어둠 속에 선 채로 아이는 다시 눈물이 고이는 걸 느꼈는데, 그건 단순히 두고 온 가족이나 집에 대한 생각이 아닌, 어떤 알 수 없는 깊은 슬픔에서 연유하는 것 같았다. 하지만 역시, 이미 잠들어 있는 아저씨를 깨우거나 하지는 않았다.

다음날 새벽, 이상하고 아름다운 소리를 꿈에 듣고 아이는 놀라 깨어났다. 집채만큼 커진 파란 새벽의 새가 날개를 펼치는 꿈이었다. 거대한 푸른 깃털을 날리며, 처음 듣는 신비로운 소리로 새는 아이의 눈앞에서 울었다.

아이는 눈을 비비며 텐트 밖으로 나왔다. 파르스름한 새벽빛이 사위에 가득했고, 하늘의 칠흑 같은 어둠은 차츰 거두어져가고 있었다. 아저씨의 침낭은 개켜졌고 여장도 완전히 꾸려졌다. 모닥불에서 새 감자가 익고 있었다.

아이가 두리번거리고 있을 때 나직이 흥얼거리는 콧노래 소리가 들려왔다. 뒤를 돌아보자, 들 저편에서 아저씨가 천천히 걸어오고 있었다. 파란 새벽의 새는 아저씨의 머리 위를 돌며 소리없이 춤추고 있었다. 파르스름한 그 침묵 속에서, 꿈에 들은 소리가 울려오는 것 같아 아이는 몸을 움직일 수 없었다.

아저씨는 아이 곁으로 다가와 침낭 위에 걸터앉았다. 간절하게 빛나는 눈으로 파란 새벽의 새가 고요히 춤추는 모습을 지켜보았다. 아이와 아저씨의 눈이 마주쳤지만, 두 사람 모두 한마디도 하지 않았다. 새벽빛이 가시고 모든 나무들이 제 빛깔을 되찾았을 때에야 새는 날갯짓을 멈추고 아저씨의 머리 위에 내려앉았다.

"……배고프지 않니?"

아저씨는 불 속의 감자를 꺼냈다.

"어서 먹자. 오늘은 갈 길이 멀다."

먹는 동안 아이는 아무 말도 하지 않았다. 새벽에 지켜본 새의 춤, 하얗고 축축한 안개, 발목의 살갗을 차갑게 적신 풀잎 따위가, 입을 여는 순간 흩어져버릴 것만 같았다.

식사를 마친 뒤 여장을 챙겨 들고 아저씨는 앞서 걷기 시작했다. 아이와 파란 새벽의 새는 뒤따라 걸어갔다. 새는 가끔씩 아이의 머리에 살며시 내려앉기도 하고, 부드러운 꼬리털로 아이의 뺨을 간질이곤 달아나기도 했다. 산은 가팔랐고 길은 멀었지만, 새 덕분에 아이는 기운을 내서 계속 걸을 수 있었다.

숲속 나무 그늘에서 점심으로 주먹밥을 먹고 난 뒤 아이는 물었다.

"아저씨, 파란 새벽의 새는 눈물을 팔고서 얻은 거라고 하셨죠? 그럼, 눈물을 사면 아저씨는 답례로 뭘 주나요?"

아저씨는 빙그레 웃었다.

"선물을 주지."

"어떤 선물을요?"

"궁금하니?"

아저씨는 검은 상자를 뒤적이더니 작은 부채와 알록달록한 여러 색깔의 주머니들을 꺼냈다. 아저씨는 오른손으로 부채를 펼치고는 그 뒤에 왼손을 감추었다. 탁, 소리와 함께 부채가 접혔을 때, 아저씨의 왼손에는 커다란 보랏빛 꽃가지가 들려 있었다.

"와아! 아저씨, 마술도 하세요?"

"받으렴."

아이는 꽃가지를 받아들었다. 라일락이었다. 아이는 사방을 두리번거려보았다. 어디에도 라일락나무는 없었다. 이렇게 진한 향기가 나는 꽃을 어떻게 감추고 여태 걸어왔을까?

아저씨는 알록달록한 주머니들 중 빨간 것을 골라 열었다.

"거긴 뭐가 들었어요?"

"반짝이 가루들이지."

아저씨는 반짝거리는 금빛 가루를 조금 꺼내 아이의 정수리에 뿌렸다.

이상한 일이 일어났다. 아이의 몸 속에 갑자기 환한 불이 켜진 것처럼, 모든 것이 달라 보였다. 나무들은 춤추는 것 같고, 햇빛은 일렁이는 것 같았다. 팔딱팔딱 춤을 추고 싶고, 발을 구르고 뛰고 싶었다. 얼마나 신이 났던지, 아이는 빙그르르 맴을 돌며 하늘을 봤다. 아아, 얼마나 푸른 하늘인지! 얼마나 부드럽고 뭉클뭉클한 구름들인지!

아저씨는 이번엔 노란 주머니에서 반짝이 가루를 조금 꺼내 아이의 이마에 뿌렸다.

이번엔 갑자기 모든 것들이 우스웠다. 아저씨의 삐뚜름한 검은 모자며, 파란 새벽의 새의 꼬리에서 삐죽이 삐쳐나온 것 같은 유난히 파란 깃털이며, 하얗게 흩어진 밥풀들을 부지런히 실어나르는 실개미들의 행진이라니. 아이는 배를 움켜쥐며 웃고, 또 웃었다. 나중엔 땅바닥을 데굴데굴 구르며 웃었다. 눈꼬리에 눈물이 맺힐 지경이었다.

한참 만에 웃음을 그친 아이가 숨을 고르는 동안 아저씨는 빙그레 미소를 지었다.

"설렘이 반짝이 가루와 웃음 반짝이 가루란다. 가끔, 눈물을 많이 가졌지만 기쁨이나 웃음은 가난하게 가진 사람에게 선물로 주는 거야."

눈가의 눈물을 훔치며, 발갛게 상기된 얼굴로 아이가 말했다.

"실컷 웃었더니 기분이 좋아졌어요."

"한번은 병에 걸려 오래 누워 있었던 아주머니에게 깊게 가라앉은 슬픔의 눈물을 산 적이 있었지. 답례로 이 반짝이 가루를 사흘 밤 사흘 낮 동안 뿌려주었어. 그 마을을 떠날 때쯤, 아주머니는 언제 앓았냐는 듯 자리에서 일어났단다."

"정말요?"

파란 새벽의 새는 정말이라니까, 라고 말하는 듯 날개를 파닥거렸다.

오후 내내 아이는 힘든 줄 모르고 걸었다. 다리에 날개가 돋친 것 같았다. 언제나 무거웠던 가슴에선 박하사탕을 머금은 것처럼 싸한 청량감이 느껴졌다. 세상의 모든 것들이 얼마나 생생한지, 얼마나 눈물겹게 아름다운지는 늘 느꼈던 것이지만,

그 리듬과 빛의 즐거움을 모르고 지내왔다는 걸 아이는 놀라며 깨닫고 있었다.

갑자기 머리에 차가운 게 떨어진 건 그렇게 오후가 저물어 갈 즈음이었다.

"이런!"

아저씨가 외쳤다.

"서두르자. 비다!"

일행은 걸음을 빨리했다. 산 저편에서부터 새까만 먹구름이 빠르게 다가오고 있었다.

"아앗, 차가워!"

두 사람은 비에 흠뻑 젖어 허둥지둥 달렸다. 어디로 피해야 할까. 파란 새벽의 새는 비가 쏟아지는 허공으로 힘차게 솟아오르더니 세 바퀴 커다란 원을 그린 뒤 돌아왔다. 새가 이끄는 대로 걸음을 재촉하자, 산 중턱에서 조그만 동굴 하나를 발견할 수 있었다.

아저씨는 동굴 안쪽에 배낭을 내려놓았다. 검은 상자를 꺼내서는 정성스럽게 빗물을 닦아냈다. 파란 새벽의 새는 푸드득푸드득 깃털의 빗방울들을 털어냈다. 아이는 조금 전 동굴 입구 언덕배기에서 나무뿌리를 밟고 미끄러지는 바람에 무르팍이 흙탕물 범벅이었다. 아이가 떨고 있는 것을 보고, 아저씨는 배낭에서 검은 스웨터를 꺼내 아이의 어깨에 덮어주었다.

아이와 아저씨는 동굴 입구에 나란히 서서 비를 바라보았다. 비는 모든 것을 씻으며 아래로, 흙탕물을 이루며 흘러내려 갔다.

"……하늘이 눈물을 흘리시는구나."

아저씨의 목소리가 고요한 동굴을 울렸다.

그날 밤은 동굴에서 묵기로 했다. 다행히 비는 그쳤지만, 흠뻑 젖어버린 저녁 산길이 미끄러울 걸 염려해서였다. 아저씨는 익숙한 솜씨로 불을 피웠다. 젖은 나무가 타며 매캐한 연기가 나서 아이는 기침을 했다. 모닥불의 불빛이 드리운 아저씨와 새의 그림자가 너무 크게 일렁거려 아이는 조금 무서웠다. 마치 나름의 생명을 가진 것처럼 그림자들은 동굴의 벽에서 떨며, 부풀며 으르렁거렸다. 무서움을 잊으려고 아이는 말했다.

"아저씨. 아저씨가 세상을 떠돌아다니며 만났던 사람들 얘기 해주세요."

밤이 깊도록 아저씨는 자신에게 눈물을 팔았던 사람들의 이야기를 들려주었다. 불이 나서 모든 것을 잃어버린 사람, 믿었던 친구에게 배신당한 사람, 아버지나 어머니, 혹은 애인의 사랑을 받고 싶었던 사람, 자신이 하고 싶은 일이 무엇인지 끝끝내 찾아낼 수 없었던 사람.

아이는 담요 속에 얼굴을 묻고 웅크려 누워, 때로는 몰래 눈물을 흘리며 이야기를 들었다. 아저씨가 선물로 뿌려준 반짝이 가루 덕분에 그들이 기뻐했던 이야기를 들을 때면 웃음을 터뜨리기도 했다.

다음날 아침 잠에서 깨었을 때, 아이는 자신이 퍽 오랜 시간을 살고, 퍽 많은 낯선 곳을 떠돌아다닌 어른이 된 것 같은 기분이 들었다. 그날의 산길 역시 힘들었지만, 이제 아이는 자신이 퍽 강해졌다고 느꼈다. 돌부리에 발이 걸려 넘어져도 눈물

을 찔끔 흘리거나 얼굴을 찡그리는 대신 웃음을 터뜨릴 수 있었고, 널찍한 바위를 만나 걸터앉아 쉴 때면 파란 새벽의 새와 침묵 속의 대화를 나누는 걸 즐기게 되었다. 파란 새벽의 새는 마치 아이의 얼굴을 어루만지고 싶은 듯 가까이 날아와 뺨을, 눈두덩을 푸른 꼬리털로, 보드라운 가슴털로 쓸고 가곤 했다. 수없이 흐르던 눈물의 흔적을 더듬고 싶다는 듯이. 그 물에 깃털을 적시고 싶어 못 견디겠다는 듯이.

마침내 목적했던 마을에 도착한 것은 그렇게 하루를 꼬박 걷고 난 늦은 오후였다. 아저씨는 물어물어 눈물을 주문한 사람의 집을 찾아갔다. 나지막한 돌담으로 둘러싸인 붉은 벽돌집이었다.

"누구시오?"

문을 열고 나온 사람은 머리칼이 새하얗게 센 할아버지였다. 깡마른 몸에 흰 모자를 썼고, 옷과 구두도 모두 흰색이었다. 눈이 깊었는데, 눈물상자 아저씨보다 눈빛이 더 어둡고 슬퍼 보였다.

"주문하신 눈물들을 가지고 왔습니다."

"들어오시오."

할아버지는 앞장서서 집 안으로 들어갔다. 아저씨가 검은 가방을 열고, 검은 상자를 열고, 검은 비단을 풀고, 다시 검은 상자를 펼치는 동안 아이는 할아버지와 나란히 긴 의자에 앉아 기다렸다. 파란 새벽의 새는 아이의 손가락에 앉았다. 눈물들이 모습을 드러내자, 할아버지는 홀린 듯 눈물상자를 향해 다가갔다. 허리를 굽히고, 떨리는 손을 뻗어 눈물들을 만지려다 말고 몸을 꼿꼿이 세웠다.

"그런데, 이 아이는 누구요?"

"산 남쪽 마을에서 온 아입니다. 특별한 눈물을 가졌지요. 하지만 눈물을 사겠다는 제 제의를 들은 뒤 아직까지 울지 않

아, 여기에 이 아이의 눈물은 없습니다."

할아버지는 고개를 끄덕인 뒤 아이를 쓸쓸하게 바라봤다.

"너는 운이 좋은 아이로구나."

아이는 놀랐다. 넘치는 눈물 때문에 언제나 놀림과 걱정, 핀잔의 말만 들었지, 부러움을 산 것은 처음이었다.

"아기였을 때 이후로 나는 평생 눈물을 흘려보지 못했단다. 이유는 나도 모른다. 아무리 슬픈 일이 있어도, 가슴이 아프고 숨쉬기가 어려울 뿐 눈물만은 나오지 않아."

"혹시 눈물샘이 막혀서 그런 거 아닐까요? 우리 마을에도 그런 아기가 있었는데, 자꾸 우니까 세 살쯤에 눈물샘이 다 뚫렸다고 들었어요."

"그건 아닌 것 같다. 양파를 썰거나 눈에 티가 들어가거나 할 땐 눈물이 나오니까. 하지만 그 외의 눈물을 흘릴 수 없는 거다."

의아한 얼굴의 아이에게서 시선을 거둔 할아버지는 눈물상자 아저씨에게 말했다.

"자, 이제 눈물을 사겠소. 나는 오래 당신을 기다렸소."

할아버지는 눈물을 많이 골랐다. 아저씨의 커다란 눈물상자에서 거의 절반은 골라낸 것 같았다.

"이걸 모두, 한꺼번에 사겠다는 겁니까?"

아저씨가 물었다. 할아버지는 고개를 끄덕였다.

"얼마를 드리면 되겠소?"

"……글쎄요."

아저씨는 망설였다.

"이건 제가 아주 오랫동안 모아온 것들입니다. 얼마나 간절히 원하시는지는 모르겠습니다만……"

"눈물을 흘릴 수만 있다면."

할아버지는 단호하게 말했다.

"내 전 재산이라도 주겠소. 전 재산이라봐야 이 집과 가구들, 뒤뜰의 암탉들뿐이지만 말이오."

아이는 너무 놀라 입을 다물 수가 없었다.

"할아버지."

아이는 침을 삼키며 물었다.

"그렇게까지 눈물을 흘리고 싶어하는 이유가 뭐예요?"

할아버지는 흰 모자를 벗어들었다. 눈을 내리깔고 말없이 눈물상자를 내려다보다가 무겁게 입을 떼었다.

"……아버지가 돌아가셨을 때 나는 한 방울의 눈물도 흘리지 못했다. 모두 나를 냉정한 아들이라고 손가락질했지. 나는 아내를 사랑했지만, 아내는 눈물을 흘릴 줄 모르는 내가 무섭다며 떠나버렸어. 짐을 꾸려 떠나는 모습을 나는 지켜보고만 있었다. 알겠니? 내가 그 순간 단 한 방울의 눈물만 흘릴 수 있었어도 아내는 떠나지 않았을 거다. 가슴이 무너지고, 찢어지고, 눈앞이 캄캄해지고, 슬픔 때문에 더는 살아갈 수 없을 것 같은 순간들이 지나가도 나는 울지 못한다. 모두들 내가 슬픔을 모르는 냉혹한 사람이라고 말해왔지. 바늘에 찔려도 피 한 방울 안 날 사람이라고. 하지만 그건 사실이 아니야. 바늘에 찔리면 내 손가락은 뜨거운 피를 흘려. 이를 악물고, 머리를 벽에 찧고, 어둠을 향해 미친 듯이 고함치고 싶은 고통을 매순간 느끼며 살아왔어. 하지만 계속해서 그런 말을 듣다보니 나마저도, 내가 정말 차가운 사람이 아닐까 하는 생각을 하게 되었어. 정말 그럴까. 세상의 모든 사람들은 나보다 영혼이 뜨겁고, 나보다 생생하게 심장이 살아 있는 걸까. 하지만 그건, 내가 직접 울어보기 전에는 알 수 없는 일일 거야. 눈물이라는 게 어떻게 사람의 마음을 변화시키는지, 직접 경험해보기 전에는 말이다. 나는 늙었고, 살아갈 날이 많이 남지 않았어. 이제는…… 알고 싶구나."

할아버지는 집과 닭장의 열쇠가 묶인 꾸러미를 눈물상자 아저씨에게 건넸다.

"아닙니다."

아저씨는 고개를 저었다.

"이렇게 하시면 앞으로 어떻게 지내시려는 겁니까? 받을 수 없습니다."

하지만 할아버지는 고집스러웠다. 열쇠 꾸러미를 탁자 위에 놓고는, 조금 전에 골라놓은 눈물들을 한 방울씩 입 안에 넣기 시작했다. 어떤 눈물은 작아서 곧 삼킬 수 있었지만, 어떤 눈물은 덩어리가 커서 오랫동안 머금어 녹인 뒤에야 삼킬 수 있었다.

눈물들을 모두 삼킨 뒤, 할아버지는 흔들의자에 등을 기대고 앉았다. 아이와 아저씨는 조금 물러서서 할아버지를 지켜보았다. 할아버지는 말없이 고개를 수그리고, 피곤한 듯 두 손으로 얼굴을 감싸쥐었다. 뉘엿뉘엿 날이 저물고 있었다.

얼마의 시간이 흘렀을까. 할아버지의 어깨가 들썩이기 시작했다. 가느다란 흐느낌이 주름진 손가락들 사이에서 새어나왔다. 흐느끼는 소리는 점점 커졌다. 할아버지는 손바닥으로 거푸 눈물을 닦아냈다. 흥건히 젖은 손을 손수건으로 닦았고, 울음이 격해지자 옷자락으로 마구 문질러 닦았다. 할아버지의 주름진 얼굴은 눈물과 콧물로 범벅이 되었다.

"아버지…… 아버지."

"가지 말아, 당신이 어떻게 나에게……"

사십여 년 전 아버지를 여의었을 때, 이십 년 전 아내가 떠났을 때, 그보다 오래 전의 어린 시절 아끼던 개를 잃었을 때 흘리지 못했던 눈물들이 지금 이 순간 한꺼번에 터져나오는 것이었다. 할아버지는 몸을 가누지 못하고 마룻바닥에 엎드렸다. 온몸을 떨며, 몸부림치며 할아버지는 울었다.

해가 완전히 넘어가 하늘이 캄캄해졌다. 창문으로 희끄무레한 불빛이 새어들어왔다. 아이와 아저씨는 조용히 물러서서, 숨소리를 죽인 채 할아버지의 모습을 지켜보았다.

얼마나 더 울었을까? 어느 순간 할아버지의 울음소리가 달라지고 있는 것을 아이는 발견했다. 이제 할아버지는 이따금씩 고개를 들고 헛, 헛, 헛…… 하는 웃음이 섞인 이상한 울음을 울었다. 몸을 일으켜서 펄쩍펄쩍 뛰며 괴상한 춤을 추기도 했다.

가엾은 할아버지가 슬픔 때문에 미쳐버린 걸까? 아이는 다가가서 할아버지의 손을 붙잡으려고 했다. 아저씨가 아이의 어깨에 손을 얹으며 만류했다.

"기쁨의 눈물을 흘리는 거야."

할아버지는 계속해서 울다 웃다 했다. 여동생에게서 첫 조카가 태어났을 때, 고대했던 시험에 붙었을 때, 죽은 줄 알았던 개가 절름절름 살아 돌아왔을 때, 아내가 떠난 뒤 처음 심었던 살구나무가 어린 열매를 맺었을 때, 아버지가 밤새워 깎은 목마를 여덟 살 생일선물로 받았을 때…… 그때 흘리지 못했던 기쁨의 눈물들이 지금 흘러넘치는 것이었다.

마침내 할아버지의 울음이 가라앉은 것은 자정이 넘어서였다. 할아버지는 더이상 흔들의자에서 움직이지 않았다. 아이가 조심스럽게 불을 밝히자 할아버지의 얼굴이 온통 젖어 있는 게 보였다. 목도, 셔츠도, 두 손도. 할아버지는 몹시 지쳐 보였다. 그런데 어째서일까? 얼굴만은 생기 있게 빛나고 있었다. 젊어지는 샘물에라도 얼굴을 담근 듯, 십 년쯤 나이를 거꾸로 먹은 것처럼 보였다.

"……이제 끝난 모양이오."

할아버지가 말했다. 할아버지의 음울하던 목소리가 얼마나 맑아졌던지, 아이는 자신의 귀를 믿을 수 없었다.

"당신은, 당신이 산 눈물을 오늘 다 써버렸습니다."

아저씨의 말에 할아버지는 고개를 주억거렸다.

"알고 있소."

아이는 할아버지의 곁으로 한 발 다가섰다.

"할아버지, 괜찮으세요?"

할아버지는 손을 뻗어 아이의 머리를 쓰다듬었다. 그 손길이 파란 새벽의 새의 깃털처럼 부드럽고 간절하다고 아이는 느꼈다.

"그래. 이젠 괜찮아."

할아버지는 아이의 머리칼을 귀 뒤로 다정히 쓸어넘겨주었다. 정말이지, 할아버지는 조금 전까지의 외롭고 슬픈, 결코 가까이 다가갈 수 없을 것 같던 노인과는 다른 사람으로 보였다.

"정말 이상하구나. 이런 기분은 평생 한 번도 느껴본 적이 없어. 내 인생에 얼마나 많은 슬픈 일이 있었는지, 얼마나 기쁜 일들과 감사할 일들이 있었는지, 고통스러운 시간과 평화로운 시간들이 함께 했는지, 충분히 알고 있다고 생각했지만…… 이렇게 깊이 느낀 적은 없었던 것 같다. 이건…… 영혼을 물로 씻어낸 기분이구나. 그 모든 걸 겪어낸 내가 얼마나 강한 사람이었는지 이제 알겠어."

할아버지는 눈물상자 아저씨를 향해 고개를 돌렸다.

"고맙소."

할아버지는 아쉬운 듯 씁쓸하게 웃었다.

"당신이 말한 대로 눈물을 모조리 써버렸으니, 이제 더는 눈물을 흘릴 수 없다는 걸 알고 있소. 하지만 오늘의 기억만으로도 남은 인생을 살아갈 수 있을 것 같소."

눈물상자 아저씨는 고개를 젓더니 잠시 생각에 잠겼다. 아저씨는 할아버지에게 물었다.

"당신은 평생토록 눈시울이 뜨거워진 적도, 눈앞이 뿌예진 적도 없었습니까?"

"없었소, 단 한 번도."

"그렇다면, 그림자눈물샘이 얼어붙었다는 건데…… 조금 전, 비록 당신의 몸에서 생긴 눈물은 아니었지만 그토록 많은 눈물을 흘렸으니, 덕분에 그림자눈물샘이 녹았을지도 모르겠습니다."

"……그림자……눈물샘이요?"

아이의 눈이 동그래졌다. 할아버지의 눈도 영문을 모르겠다는 듯 커졌다. 아저씨는 검은 가방의 안주머니를 뒤적이더니 검은 비단으로 꼭꼭 여며 싼 조그만 상자를 꺼냈다. 상자를 열자 다시 조그만 검은 주머니가 나왔다. 주머니를 열자, 칠흑같이 검은 눈물 한 방울이 반짝이고 있었다.

"바로 이게 그림자눈물이란다."

아저씨는 이번에는 검은 가방의 옆주머니에서 손전등을 꺼냈다.

"이건 평범한 손전등이야."

아저씨는 아이에게 집 안의 불을 모두 끄게 했다. 그러곤 그 조그만 검은 눈물을 높이 들어올리게 했다. 아저씨는 손전등을 켜서, 그 빛이 검은 눈물을 통과하고 할아버지의 몸을 지나가 흰 벽에 커다란 그림자를 드리우게 했다.

"그림자도 눈물을 흘린단다. 눈물의 입자가 너무 고와서 곧 공기 중으로 날아가버리기 때문에 우리가 잘 모를 뿐이지. 이 눈물은 이렇게 꼭꼭 여며 싸서 가지고 다녀야 한단다. 햇빛 아래에서 펼치기라도 하면 순식간에 눈앞에서 사라져버리고 말아.

……어떤 사람은 눈으로 흘리는 눈물보다 그림자가 흘리는 눈물이 더 많단다. '울면 안 돼!'라는 말을 주위에서, 또는 자신에게서 많이 듣고 자란 사람들이지. 또, 우리가 눈시울이 찡해지거나 눈앞이 뿌예지기만 하고 눈물이 흐르지 않을 때가 있지. 그땐 그림자눈물만 흐르고 있는 거란다. 하지만 반대로, 어떤 사람은 그림자는 전혀 울지 않는데 눈으로만 눈물을 흘리기도 하지. 그건 거짓 눈물이야.

어쨌든…… 이 그림자눈물을 들고 앞에서 이 손전등을 비추면, 그림자눈물 뒤에 선 사람의 그림자 안에서 그림자눈물샘이 드러나는 걸 볼 수 있는 거야."

아아, 아이는 탄성을 질렀다.

"저거 아닌가요?"

하얀 벽에는 할아버지의 얼굴이 커다랗고 둥근 그림자로 드리워져 있었는데, 눈동자가 있을 자리에 손바닥만한 두 개의 은빛 샘이 고여 있었다.

아이의 탄성에 놀란 할아버지도 뒤를 돌아보았다. 그림자가 움직이며 샘들도 조금 움직였지만, 사라지지는 않았다.

"네 도움이 필요해."

아이는 아저씨의 얼굴을 올려다보았다.

"제가, 어떻게요?"

"가까이 가서 저 샘을 보고 싶으냐?"

"네."

아이는 힘차게 고개를 끄덕였다.

아저씨는 손전등을 들지 않은 왼손을 뻗어 아이가 들고 있던 검은 눈물을 건네받았다. 파란 새벽의 새가 파닥파닥 날아와, 조그만 부리로 눈물을 물고 허공에서 날갯짓을 했다.

아이는 조심조심 벽으로 다가가 그림자눈물샘을 들여다봤다.

"만져보렴."

아이는 눈물샘 하나를 손끝으로 쓸어보았다.

"샘 옆의 검은 그림자 부분도 만져보렴."

아이는 그림자를 만졌다.

"어느 쪽이 더 따뜻하니?"

"샘이 더 따뜻해요."

아저씨는 후우, 하고 안도의 한숨을 내쉬었다.

"다행이구나. 조금 전에 흘린 눈물 덕분에 얼어붙었던 표면이 조금 녹은 모양이다."

"아저씨, 그런데…… 뭔가가 조금씩 흘러내리는 것 같아요."

모두가 지켜보는 앞에서, 그 은빛 샘으로부터 아주 작은 물방울 같은 것이 가만가만 흘러나오고 있었다. 아이는 할아버지의 얼굴을 보았다. 할아버지는 놀랍고 신비롭다는 듯 눈을 크게 뜨고 있을 뿐 전혀 울고 있지 않았다.

"아저씨, 할아버지는 울고 있지 않은데요?"

"그래. 그림자만 울고 있구나."

아저씨는 아이에게 말했다.

"그림자눈물샘을 좀더 가까이에서 들여다봐줄 수 있겠니?"

아이는 얼굴을 벽에 바싹 댔다.

"이건……"

"뭐가 보이니?"

아이는 말을 잃은 채 얼어붙은 듯 서 있었다.

오른쪽 눈물샘에 어려 있는 것은 두 살쯤 되어 보이는 아기의 얼굴이었다. 엄지손가락을 입에 넣고 빨며, 커다란 눈으로는 무엇인가를 뚫어지게 응시한 채 소리없이 눈물을 흘리고 있었다. 큰 소리로 우는 아기들이야 흔히 있지만, 그토록 조용히 눈물만 흘리는 아기라니. 자신이 바로 그런 눈물을 가진 아기가 아니었다면 아마 아이는 그 모습을 믿을 수 없었을 것이다.

"……눈물을 흘리는 아기가 샘에 비쳐 있어요."

"그럼, 왼쪽 샘에는?"

왼쪽 샘에는 아름답고 젊은 여인의 모습이 비쳐 있었다.

"정말 예쁜 분이 있어요. 그런데 왜 이렇게 고요할까요? 숨도 쉬지 않는 것 같은 얼굴이에요."

그때였다. 아저씨와 아이가 주고받는 말을 조용히 듣고 있던 할아버지가 입을 연 것은.

"……아마, 내가 두 살 때 돌아가셨다는 어머니인 모양이오."

아이도, 아저씨도 숨을 죽였다. 할아버지에게서 흘러나오는 목소리는 깊은 물속처럼 가라앉아 있었다.

"이상한 일이오."

할아버지는 고개를 저었다.

"나는 지금 그 일을 전혀 기억하지 못하는데…… 어머니의 얼굴조차 말이오."

"그런데 할아버지의 그림자는 지금까지 기억하고 있었나봐요."

아이가 말했다. 할아버지의 입술이 보일 듯 말 듯 떨리기 시작했다. 아저씨가 말했다.

"그 기억을 마지막으로, 그림자눈물샘이 얼어붙었던 것 같습니다."

아이는 할아버지에게 다가가 여위고 굽은 어깨를 안았다. 할아버지는 세차게 턱을 떨고 있을 뿐 눈도, 뺨도 바싹 말라 있었다.

"……할아버지."

사실은, 처음 할아버지가 눈물들을 삼킨 뒤 울기 시작한 순간부터 아이는 이렇게 할아버지를 안고 싶었다. 할아버지의 흰 옷에서 오래 달인 약 같은 쓴 냄새가 났다. 아이의 뺨이 그 옷의 가슴팍을 적셔 둥근 얼룩을 만들었다. 할아버지는 더 세차게 어깨를 떨었다.

아이는 고개를 들고 할아버지를 올려다보았다. 눈물 때문에 모든 것이 흔들려 보였다. 모든 것이 뜨겁고, 모든 것이 아프고, 그 뜨거움과 아픔 속에서 모든 것이 생생했다. 할아버지의 주름진 눈꺼풀이 경련하듯 깜빡거린 것은 그때였다. 아주 작은 눈물 한 방울이 구슬처럼 뺨으로 굴러떨어졌다. 벽에 비친

두 개의 그림자눈물샘에서는 그보다 커다란 눈물방울들이 쉴 새 없이 흘러 떨어지고 있었다.

파르스름한 새벽빛이 창으로 스며들어올 무렵, 할아버지는 눈물을 닦고 주섬주섬 짐을 챙기기 시작했다.

"날이 밝는 대로 이 집을 떠나겠소. 언제나 떠나고 싶었지만, 평생 동안 가슴에 쌓인 슬픔에 짓눌려 떠날 힘을 낼 수 없었던 거요. 이제 눈물로 그것들을 모두 씻어냈으니, 발 닿는 데까지 멀리 가볼 거요."

할아버지는 아이에게 긴 목각피리를 들어 보였다.

"어렸을 때 나는 피리 부는 사람이 되고 싶었단다. 사람들의 마음을 움직이는 아름다운 음악을 들려주고 싶었지. 하지만, 나 자신조차 눈물 흘리게 하지 못하는 주제에, 하는 생각에 그

만됐었어."

"할아버지!"

아이는 눈을 빛내며 할아버지 곁에 무릎을 모으고 앉았다.

"할아버지가 부는 피리 소리를 듣고 싶어요."

"글쎄다, 누가 듣고 있을 때 불어본 적은 없는데."

"꼭 한 번만요!"

할아버지는 망설이다가 고개를 끄덕였다. 두어 번 음을 가다듬고는, 희붐한 새벽창을 향해 피리를 불기 시작했다. 한 번도 들어본 적 없는 애잔한 곡조의 아름다운 노래였다. 아이의 눈이 가만히 젖었다. 이번에는 뜨겁지도 아프지도 않아서, 자신이 울고 있다는 것도 모르는 채 아이는 피리 소리에 온 귀를 기울였다. 눈가에 맺힌 눈물 한 방울을 아저씨가 유리잔에 담아간 것도 알지 못했다.

언젠가부터 파란 새벽의 새가 피리 소리에 맞춰 춤을 추고 있는 것을 아이는 알아챘다. 점점 춤이 빛난다고, 작은 불꽃이 타오르는 것 같다고 느낀 순간 파란 새벽의 새는 복숭아빛 부리를 벌렸다. 이 세상의 어떤 소리와도 닮지 않은 소리로 새는 울었다. 연주가 끝났을 때는 날이 밝았고, 파란 새벽의 새는 언제 그랬냐는 듯 아저씨의 어깨 위로 내려앉았다. 아저씨는 눈물의 잔을 든 채 우두커니 서 있다가 할아버지를 향해 중얼거렸다.

"……고맙습니다."

평소처럼 침착한 표정이었지만, 목소리는 조금 떨렸다.

"이 녀석의 노래를 오늘 처음 들었습니다."

햇빛이 물처럼 맑은 아침이었다.

새벽빛이 아직 푸를 때 할아버지가 떠나고, 아이가 흔들의자에서 곤한 잠에 든 동안 아저씨는 마당에 나가 있었다. 아침 내내 비커와 알코올과 불꽃으로 아이의 눈물을 증류시켜 작은

결정으로 만들었다. 정오의 햇살에 눈을 뜬 아이가 고양이처럼 눈을 비비며 마당으로 걸어나갔을 때, 아저씨는 아이의 눈물을 햇빛에 비춰보고 있었다.

"이것 봐, 네 눈물이야."

아저씨의 얼굴은 햇빛 아래 환하게 웃고 있었다.

"아름답지 않니?"

궁금했던 아이의 눈물 빛깔은 노랑도, 초록도, 분홍도, 파랑도 아니었다. 그 어떤 빛깔이라고도 할 수 없는 투명하고 미묘한 빛들이 햇빛에 반짝이고 있었다.

"이 수많은 빛을 보렴. 이렇게 사랑이 가득한 눈물은 흔치 않단다."

"그럼, 아저씨가 찾고 있던 순수한 눈물은 아니지요?"

아이는 조금 실망하고, 많이 부끄러워져서 작은 목소리로 물었다.

"글쎄다. 순수한 눈물이란 아무것도 담겨 있지 않은 눈물을 말하는 게 아니야. 모든 뜨거움과 서늘함, 가장 눈부신 밝음

과 가장 어두운 그늘까지 담길 때, 거기 진짜 빛이 어리는 거야."

아저씨는 가만히 팔을 뻗어 아이의 손을 잡았다.

"오히려, 네 눈물에는 더 많은 빛깔이 필요한 것 같구나. 특히 강인함 말이야. 분노와 부끄러움, 더러움까지도 피하거나 두려워하지 않는. ……그렇게 해서 눈물에 어린 빛깔들이 더욱 복잡해질 때, 한순간 네 눈물은 순수한 눈물이 될 거야. 여러 색깔의 물감을 섞으면 검은색 물감이 되지만, 여러 색깔의 빛을 섞으면 투명한 빛이 되는 것처럼."

아저씨의 눈이 반짝였다.

"하지만, 그러기 위해선 아직 시간이 필요한 것 같구나. 네가 단련될 시간이."

아저씨는 검은 외투의 호주머니에서 조그맣고 동그란 검은 상자를 꺼내 아이의 손바닥에 올려놓았다.

"선물이야. 하지만 지금 열어보면 안 된다. 햇빛을 받으면 사라져버리는 그림자눈물이니까."

"이 귀중한 걸 왜 저한테 주세요?"

"네가 준 이 아름다운 눈물에 비하면 이건 아무것도 아니야. 그리고, 그림자눈물을 다시 구하는 건 어렵지 않아."

"네? 어떻게요?"

아저씨는 고개를 들어 정오의 해를 바라보고는, 잠시 생각에 잠겼다가 말했다.

"사실 나는, 눈물을 흘리기 전의 저 할아버지와 비슷한 사람이란다. 아무리 슬퍼도 울지 못해. 다만 다른 점은 내 그림자눈물샘이 언제나 가득 차올라 있다는 거야. 눈시울이 뜨거워지고, 눈앞이 아른아른해질 때가 있지만 곧 말라버리곤 해. 가끔, 자다가 깨어서 뺨을 만져보면 젖어 있는 때가 있지만…… 왜 울었는지, 무슨 꿈을 꾸었는지 기억할 수 없어. 하지만, 그때마다 내 그림자는 많은 검은 눈물을 흘리고 있는 거지."

아이의 가슴 가운데에 묵직한 게 느껴졌다. 눈앞이 뿌예져서 아저씨의 얼굴이 보이지 않았다. 하지만 눈물을 꾹 참고 아저씨에게 물었다.

"그럼, 아저씨도 할아버지처럼 눈물을 흘리고 싶으세요?"

"……물론 그렇단다. 너처럼 아름다운 눈물을 가진 사람을 보면 간절하게 부러운 마음이 들기도 하지. 하지만 괜찮아. 언젠가 내 눈물샘도 그림자눈물샘처럼 녹아 흐를 거라고, 나와 그림자가 함께 울 수 있을 때가 올 거라고 믿어. 이 세상 어디선가 순수한 눈물을 찾게 된다면, 모든 사람의 마음을 모두 적셔준다는 그 눈물이 어쩌면 나를 도와줄지도 모르지."

아저씨는 소리내지 않고 웃었다. 아이가 여러 번 보았던, 쓸쓸하고도 따뜻한 웃음이었다. 어쩌면 지금도 아저씨의 그림자는 눈물을 흘리고 있는지 모르겠다고 아이는 생각했다. 울음을 참고 있는 아이의 그림자와 함께.

아이는 굳게 입을 다물었다. 눈물을 참는 마음이 어떤 것인지 처음으로 깨달았기 때문이었다. 가슴이 찢어질 듯 아파오는구나. 숨겨진 눈물은 그 가슴 가운데에서 점점 진해지고, 단단해지는구나.

아이는 파란 새벽의 새를 두 손으로 안고 입을 맞추었다.

"잘 가, 새야. 헤어지기 싫지만."

"다시 만날 때 네가 어떤 모습이 되어 있을지 궁금하구나. 그리고 네 눈물도…… 이 눈물단지야!"

아저씨가 아이의 볼을 장난스럽게 꼬집어서 아이는 웃음을 터뜨렸다. 아이가 그 별명을 듣고 웃은 것은 이번이 처음이었다.

"꼭 다시 와야 돼요. 약속 안 지키면 가만 안 둘 거예요."

아이는 그림자눈물 상자를 호주머니 깊숙이 넣고는 뒤돌아서서 달리기 시작했다. 두 번, 세 번 뒤를 돌아보며 아저씨에게 손을 흔들었다. 아이는 힘차게 들판을 달리고, 언덕과 산을 한달음에 넘어갔다. 집으로, 엄마가 연둣빛 눈물을 흘리며 기다리고 있을 집으로 달렸다.

혼자 남은 아저씨는 검은 배낭을 등에 짊어졌다. 눈물상자를 검은 비단으로 여며 싸고, 커다란 검은 상자에 넣고, 더 커다란 검은 가방에 넣은 뒤 어깨에 단단히 둘러멨다. 묵묵히 걸

음을 내딛는 아저씨의 뒤로, 파란 새벽의 새가 반짝이는 깃털을 날리며 따라 날아갔다. 💧

작가의 말

십여 년 전의 봄, 대학로에서 독특한 어린이극을 보았다. 덴마크 출신의 중년 남자가 만들고 공연한 일인극으로, 제목은 '눈물을 보여드릴까요?'였다. 오래 전의 기억이라 모든 것이 희미하지만, 검은 상자를 들고 무대에 나타난 그가 커다랗고 투명한 눈물방울들을 꺼내 보여주었던 것만은 강한 인상으로 남아 있다.

그후로 긴 시간을 지나오는 동안 이따금 선명히 떠올라 마음을 씻어주던 그 이미지—상자 속 눈물들의 반짝임—에 감사한다. 아무리 수소문해도 이름을 아는 사람을 찾아낼 수 없었던, 가족 없이 몇 년 전에 세상을 떠났다는 풍문만 들을 수 있었던(두툼한 안경알 뒤로 퍽 장난스러운 눈을 가졌었는데)

그에게 머리 숙여 감사한다. 나에게 그 연극을 보여주고, 동화를 완성하기까지 진심으로 격려해준 친구에게도 따뜻한 감사를 전한다. '눈물을 상자에 모으는 아저씨가 있다'는 설정 외의 모든 것을 새롭게 썼다는 점도 사족으로 밝혀둔다.

때때로, 예기치 않은 순간에 우리를 구하러 오는 눈물에 감사한다.

2008년 봄

江

문학동네 어른을 위한 동화

눈물상자
ⓒ 한강 2008

1판 1쇄 | 2008년 5월 22일
1판 12쇄 | 2025년 7월 3일

지은이 한강 | 그린이 봄로야
책임편집 조연주 고경화
저작권 박지영 형소진 오서영 조경은
마케팅 정민호 서지화 한민아 이민경 왕지경 정유진 정경주 김수인
    김혜원 김예진 나현후 이서진
브랜딩 함유지 박민재 이송이 김희숙 박다솔 조다현 김하연 이준희
제작 강신은 김동욱 이순호 | 제작처 영신사

펴낸곳 (주)문학동네
펴낸이 김소영
출판등록 1993년 10월 22일 제2003-000045호
주소 10881 경기도 파주시 회동길 210
전자우편 editor@munhak.com | 대표전화 031)955-8888 | 팩스 031)955-8855
문학동네카페 http://cafe.naver.com/mhdn
인스타그램 @munhakdongne | 트위터 @munhakdongne
북클럽문학동네 http://bookclubmunhak.com

ISBN 978-89-546-0581-6 03810
* 이 책의 판권은 지은이와 문학동네에 있습니다.
  이 책 내용의 전부 또는 일부를 재사용하려면 반드시 양측의 서면 동의를 받아야 합니다.

잘못된 책은 구입하신 서점에서 교환해드립니다.
기타 교환 문의: 031) 955-2661, 3580

www.munhak.com